KB101989

님의
꿈을 응원합니다.

드림

그래도 나는 꿈을 꾼다

그래도 나는 꿈을 꾼다

미즈노 케이야 지음 · 텟켄 그림 · 신준모 옮김

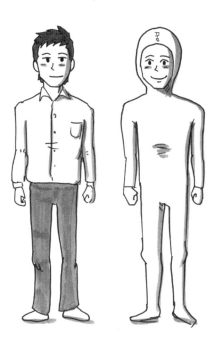

살림

꿈을 꾸며 살아가는 것은
쉽지 않습니다.
그래도 나는 꿈을 꿉니다.

꿈을 꾸며 살아간다는 것
은 쉽지 않습니다. 현실과 꿈 사이의 거리가 까마득하게 느
껴지기 때문입니다. 그럴 땐 어디서부터, 무엇부터 시작해야
할지 막막할 수밖에 없습니다. 하루 종일 꿈을 이루기 위해
노력해도, 밤에 잠들 무렵 돌아보면 조금도 바뀐 게 없다는
좌절감이 밀려듭니다. 그럴 때 그 허망함을 어떻게 표현할
수 있을까요.

또 꿈을 향해 나아가는 과정에서는 늘 예상치 못한
실패와 좌절에 맞부딪치게 됩니다. 믿었던 사람들에게 마
음의 상처를 입는 일도 많고, 높은 학력과 대단한 스펙으

로 무장한 이들에게 좌절감을 느껴야 할 때도 많습니다. 부잣집에서 태어나 남들은 누릴 수 없는 기회를 가진 사람들을 보면 너무 불공평하게 느껴집니다. 나에게는 아무 재능도 없는 것 같습니다. 왠지 '이번 생은 틀렸구나. 다음 생을 기약하자.' 하는 심정이 됩니다. 그럴 땐 마음 깊은 곳에서 '내 인생은 이렇게 끝나고 마는 건가…….'라는 생각이 스멀스멀 피어오릅니다.

아마 그래서 많은 사람들이 꿈을 놓아 버리나 봅니다. 어렸을 때는 되고 싶은 것도 많고 하고 싶은 것도 많았던 사람들이 어른이 되면서 허망함과 좌절감에 매일같이 시달리게 되니까요. 도대체 꿈이 뭐라고 그 꿈 때문에 하나밖에 없는 인생을 이토록 힘들게 살아야 하나, 그런 심정이 되는 겁니다. 그러고는 '이젠 됐어. 너무 힘들어. 이제 꿈을 놓아 버릴래.' 이렇게 마음먹습니다.

그때부터 인생이 편안해지는 것 같습니다. 퇴근 후에는 소파에 비스듬히 누워 과자를 먹으며 TV를 봅니다. 주말에는 하루 종일 이불 속에서 뒹굽니다. 간혹 친구들을 만나 세상 탓을 하고 부모 탓을 합니다. 서로서로 시답지 않은 이야기를 나누며 위로를 건넵니다.

"인생, 그거 뭐 있어?"

꿈을 놓아 버리면 더 이상 꿈 때문에 고통스럽지 않습니다. 그래서 정말 많은 사람들이 꿈을 놓아 버리는 것 같습니다.

저도 나이가 많지 않지만 꿈을 놓아 버리려 할 때가 있었습니다. 여러 번의 실망과 상처와 실패가 저를 겁쟁이로 만들었기 때문입니다. 저는 학벌이 좋은 것도 아니고 잘사는 집 아이도 아니었습니다. 대단한 재능을 타고난 것도 아니었어요. 제가 무슨 꿈을 꾼들 이루어질 수 없다고 생각해도 아무도 뭐라 하지 않을 그런 평범한 사람이었지요. 그걸 받아들여야 하지 않을까 생각하게 된 겁니다. 정말 꿈은 컸는데요. 한 살 한 살 나이를 먹을수록 포기가 빠른 인간이 된다는 생각이 들었습니다. 꿈보다는 현실을, 도전보다는 안전함을 더 원하게 되었습니다.

하지만 다행히 저는 꿈을 놓지 않았습니다. 왜냐하

면 먼 훗날 후회할 것 같았습니다. 내 삶을 완전연소시키지도 않고 지레 꿈을 놓아 버리고 싶진 않았습니다. 꿈을 버리는 대신 꿈과 함께 살아가는 법을 배우려 했습니다. 처음에는 힘들었지만 조금씩 익숙해지자 꿈은 제게 엄청난 용기와 에너지를 주었습니다. 저는 원래 배운 게 모자라고 똑똑하지 못하다고 스스로 생각했습니다. 꿈을 버리려 했을 때는 그게 제 한계라고 여겼습니다. 그러나 꿈과 함께 살아가기로 마음먹으니 달라졌습니다. 나이가 저보다 많든 적든 제가 배워야겠다고 생각하면 먼저 고개를 숙이고 다가갔습니다. 자존심도 상하고 제 자신이 초라하게 느껴지는 때도 많았습니다. 그때마다 꿈이 저를 위로했습니다. 그렇게 배우면 된다고, 네 미래를 위해서 지금의 초라함을 감수하자고 말입니다.

그러자 불가능해 보이는 일도 두렵지 않게 되었습니다. 엄청난 업적을 남긴 대기업 회장님의 강연을 들을 기회가 있었습니다. 사업가를 꿈꿨던 저는 그 회장님을 개인적으로 만나서 여러 가지 가르침을 듣고 싶었습니다. 그게 뭐 그리 중요한 일이냐 물으면 딱히 대답하긴 어렵지만 저는 그때 너무 절실했습니다. 주최 측 안내요원과 경호원들에게 둘러싸여 그 회장님이 강연장을 떠나려 하고 있었습니다. 그때 꿈이 제 등을 떠밀었습니다.

'해 봐. 가서 만나 달라고 해. 그것뿐이잖아. 후회하지 않겠다면서? 그러면 일단 해 봐야지.'

저는 곧바로 달려가 경호원들의 제지를 뚫고 회장님 앞에 섰습니다.

"사업가 신준모입니다. 회장님의 못다 한 이야기를 더 듣고 싶습니다. 꼭 연락주세요. 감사합니다."

이렇게 외치며 회장님의 손에 제 명함을 건넸습니다. 시간이 멈춘 것 같았습니다. 회장님도 황당했던지 명함을 손에 들고 머뭇거렸습니다. 곧바로 안내요원과 경호원들이 회장님을 둘러쌌고 저는 돌아서서 제 자리를 향해 걸어갈 수밖에 없었지요. 그때 뒤에서 누군가가 다가와 제 어깨를 잡으며 말했습니다.

"잠깐만!"

돌아보니 그 회장님이었습니다. 그분은 제 손에 무언가를 쥐어주시며 말씀하셨습니다.

"인마, 네가 연락해!"

제 손에는 그분의 명함이 들려 있었습니다. 딱 20초의 용기가 그런 결과를 만들어 주었습니다. 저는 그게 저 혼자 한 일이 아니라고 생각합니다. 꿈이 시킨 일이었다고 믿습니다.

그리고 얼마간의 시간이 흘렀습니다. 저는 제 노트에 빼곡히 적어 두었던 소원 리스트들을 거의 다 해 볼 수 있었습니다. 베스트셀러 작가가 되었고, 여러 가지 사업을 성공시키기도 했습니다. 어릴 적부터 함께한 친구들과 카페도 열고, 마케팅 회사도 차리고 부동산 회사도 만들었습니다. 지금도 매일 꿈을 꾸고 매일 그 꿈을 실현하려 애쓰며 살게 되었습니다.

이 책 『그래도 나는 꿈을 꾼다』를 받아 들었을 때, 저는 제가 꿈을 포기하려 했던 예전 바로 그때가 떠올랐습니다. 원하는 대학이 있었지만 갈 수 없었고, 자신이 좋아하던 여성은 자신을 돌아봐주지 않았고, 하고 싶은 일에 기회가 주어지지 않았고, 그래서 꿈을 포기하고 한평생을 살아

온 한 노인의 이야기에 마음이 울컥했습니다. 그 노인이 죽기 전에 남긴 마지막 편지에 눈물이 났습니다.

좋아하는 것을 먹는 것, 친구와 만나 차 한 잔 마시며 웃고 떠드는 것, 좋아하는 사람들과 시간을 보내는 것, 그 사람들을 생각하는 것만으로 행복해지는 시간을 다시 맛보는 것……. 그 노인은 그걸 다시 하고 싶다는 것이었습니다. 꿈을 이루지 못한 인생은 빛나지 않는 시시한 인생이라고 생각했는데 살아 있는 자체만으로도 눈부신 삶이라는 것을 알았다고 했습니다. 그리고 꿈이 이루어지지 않아도 좋으니 다시 한 번 꿈을 꾸고 싶다고 했습니다.

그 노인의 마지막 편지를 읽으며 저는 제 옆에 함께 있어 준 꿈이 고마웠습니다. 저와 함께 울고 웃으며 삶을 살 만한 것이라 느끼게 해 준 그 꿈이 고마워 울었습니다. 만일 그때, 제가 힘들었을 때, 포기하고 싶었을 때, 그 꿈을 떠나보냈다면 나중에 얼마나 후회하게 되었을까요?

그래서 저는 앞으로도 좋으면 좋은 대로, 힘들면 힘든

대로 꿈을 꾸며 살아가기로 했습니다. 꿈을 이루지 못해 고통스러운 것이 아니라 꿈을 꾸고 그걸 이루기 위해 노력하는 것만으로도 세상은 충분히 아름다울 수 있으니까요.

여러분과 함께 꿈을 꿨으면 좋겠습니다.
여러분 모두가 살아 있는 순간순간 눈부신 삶을 살아갔으면 좋겠습니다.

신준모 드림

꿈은 언제나 나를 배신한다.

가고 싶던 대학에는
떨어졌다.

내가 좋아했던 사람은
나를
돌아봐 주지 않았다.

하고 싶은 일은
맡을 수 없었다.

그래도
꿈은 항상 내 곁에
있었다.

지쳐 있던 나를
격려해 줬다.

괜찮아, 괜찮아.
복사하는 일이라도
최선을 다하면
좋은 기회가
올 거야.

그 여자, 진짜
너한테 관심이
있는 거야.
봐, 문자에 이모티콘이
많잖아.

역시 너는 이 일에
재능이 있어.
다음 인사이동에서는
최고 실적으로
승진할 거야.

하지만……

하지만……

하지만……

하지만……

자자, 그래도
여기까지 왔잖아.
조금만
더 힘을 내면
꿈이 이루어질 거야.

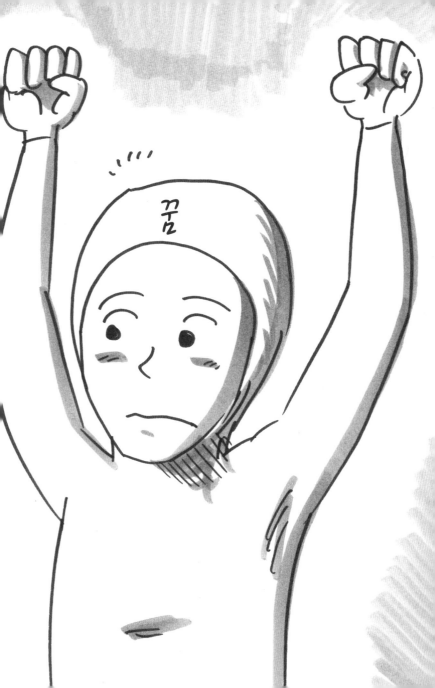

하지만
이젠 한계다.

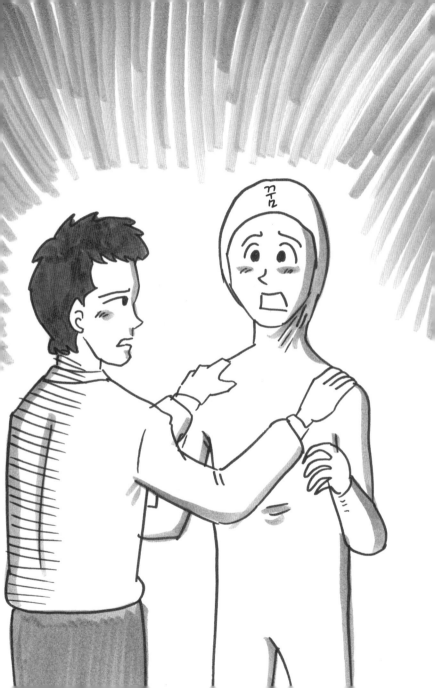

더 이상
너와 함께 있어도,
괴로울 뿐이야.

나는 꿈을……

……버렸다.

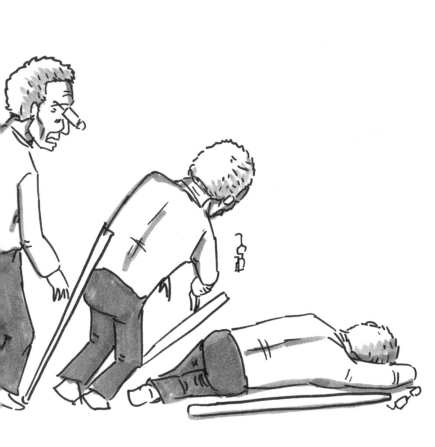

앞으로 3일 정도
남은 것 같습니다.

가족이나 친척에게
연락할 방법도
없는 것 같습니다.

나는 침대에 누워
지금까지의 인생을
되돌아보고 있었다.

그때 내 머릿속에
떠오른 것은
왜인지,
무엇인가를 꿈꾸며
치열하게 살던 나날이었다.

이룰 수 없었던 꿈이지만……
그날들이 찬란하게
눈앞에
아른거린다.

꿈을 포기하지 말걸
그랬나?

아니야, 이제 됐어.
모두 끝난 일이야.

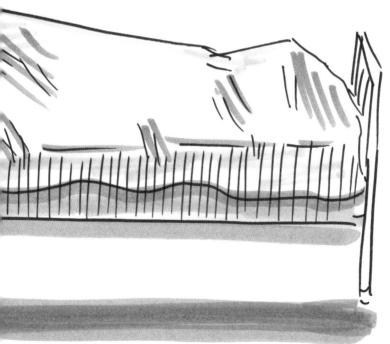

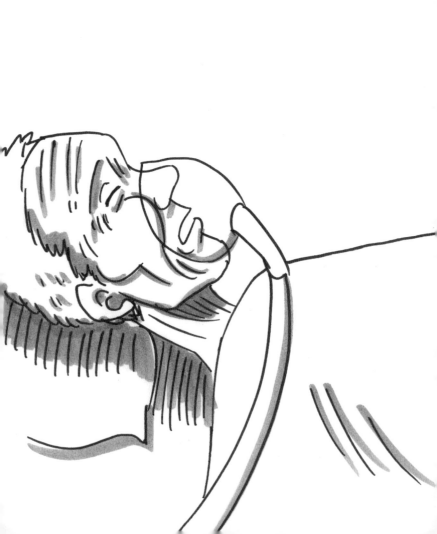

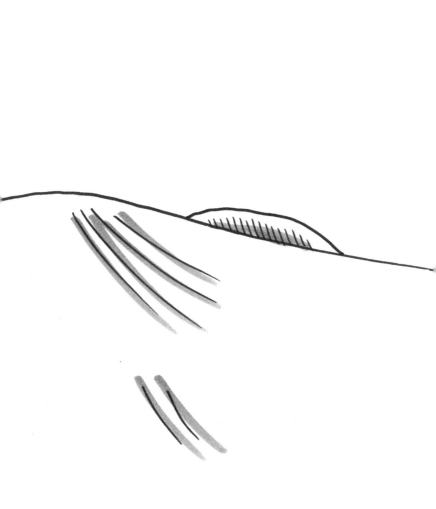

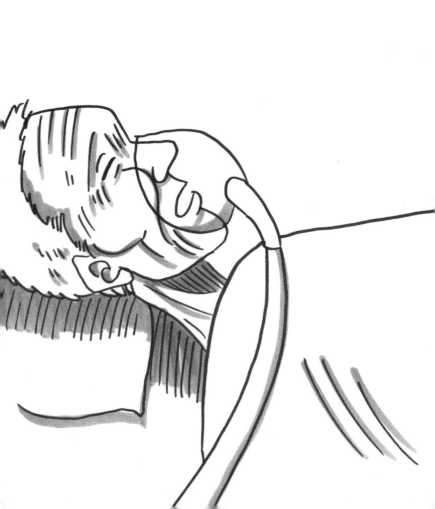

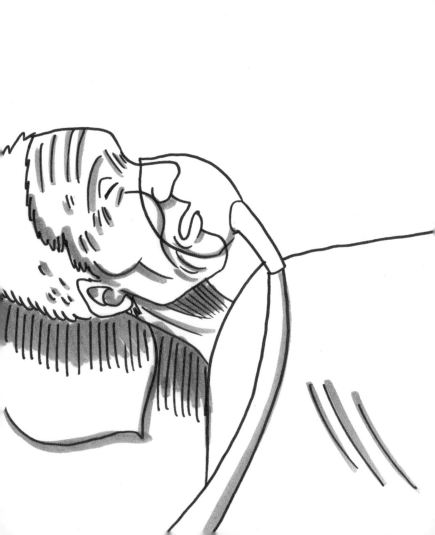

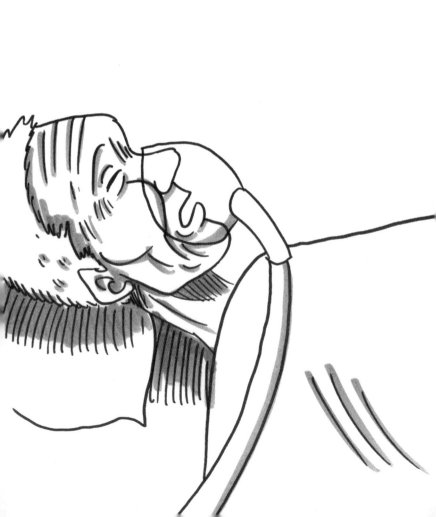

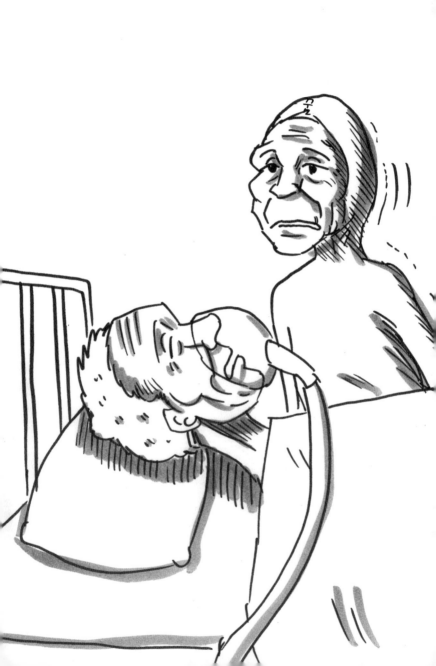

……이제
다시는 만나지 못할 거라
생각했어.

나는
꿈에게 그렇게
말을 건넸다.

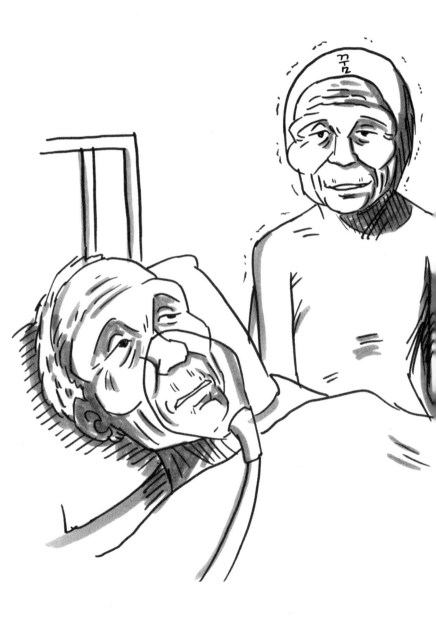

그러자 꿈이 말했다.

나는 언제나
네 곁에 있었지.

하지만 꿈의 목소리는
예전처럼
활기차지 않았다.

모르겠어.

나는 한숨을 내쉬며
말을 토해 냈다.

이런 늙고 병든 나에게
도대체 무슨 꿈을
보여 주겠다는 거야?

그러자 꿈이
대답했다.

만약 네가
이대로 잠들고 싶어 했다면
나는 여기 없었을 거야.

나는 너의
마음속에 있는
'생각'이기 때문이지.

나는 눈을 감았다.
그렇게 하지 않으면
눈물이 흘러내릴 것 같았다.

그러나 닫힌 눈꺼풀 사이로
눈물이 흘러내리고 말았다.

나는 마음 깊은 곳에 간직했던
생각을 토해 냈다.

나는, 아무것도
남기지 못했어…….

나는 내가
이 세상에 존재했다는 흔적을
남기고 싶었어.
그러나 힘이 나지 않았지.
재능도 없었어.

나는 이대로 사라져 가는 게
두려워.
아무것도 남기지 못한 채
나라는 존재가
이 세상에서 사라져 가는 것이
정말 무서워.

무언가를 남기고 싶어.

단 한 사람이라도 좋아.

누군가의 마음속에

무언가 남기고 싶다!

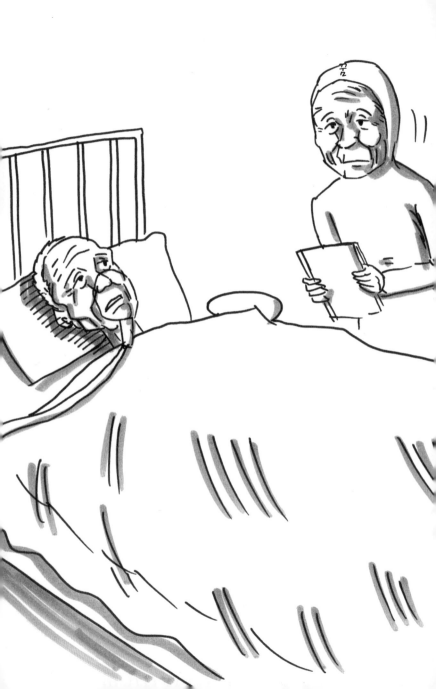

이건……?

쓰는 거야.
써서
무언가를 남기는 거야.

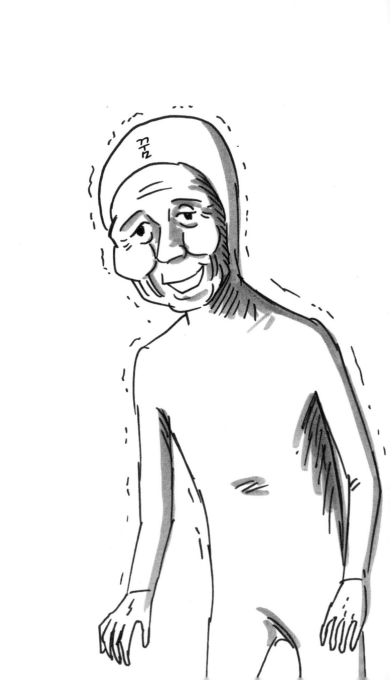

아직 시간이 조금
남아 있어.

그렇다.
아직 시간이 있다.

나는 떨리는 손을 뻗어
펜을 잡았다.

하지만……

……무리다.

나는 펜을 놓아 버렸다.

무언가 끝까지
해낸 것도 없는,

어디에나 있을 법한
이런 남자의 이야기를
누가 듣고 싶어 하겠어?

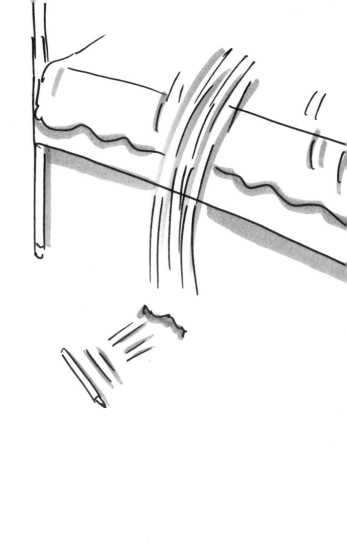

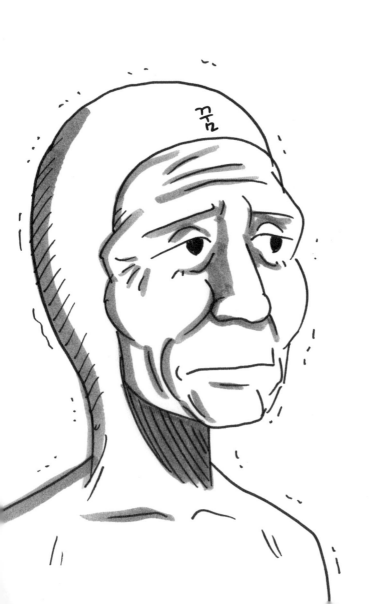

넌, 언제나 그랬어.

꿈은 먼 곳을
바라보는 듯 말했다.

넌 무언가 시작할 때면
그게 잘 될 것인지에만
신경 썼지.

그리고 꿈은 속삭이듯 덧붙였다.

사람이란
마지막의 마지막까지도
변하지 않는 존재구나.

꿈은
금방이라도
사라질 것처럼 보였다.

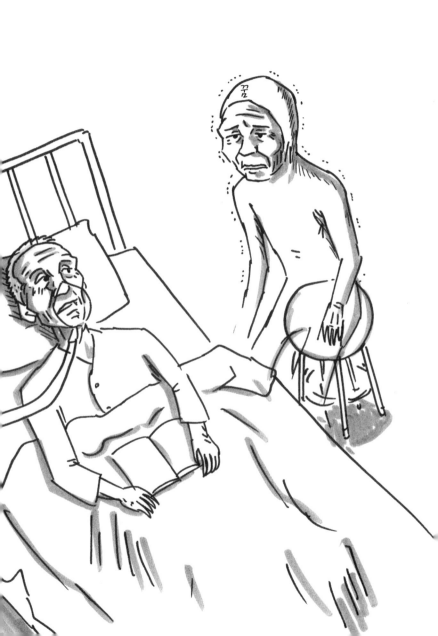

그러나 꿈은
떨리는 몸으로 움직였다.

뭘 하려고
그러는 거야?

꿈이 힘겹게
움직이는 것을 보며
나는

이제 그만하라고

말하고 싶었다.

꿈은 펜을 집어 들고
다시 와서
내게 내밀며 말했다.

마지막으로……
마지막으로 한마디라도
남겨 주면 좋겠어.

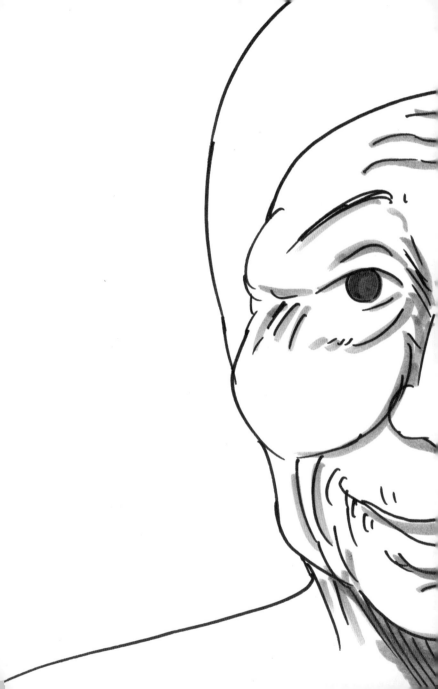

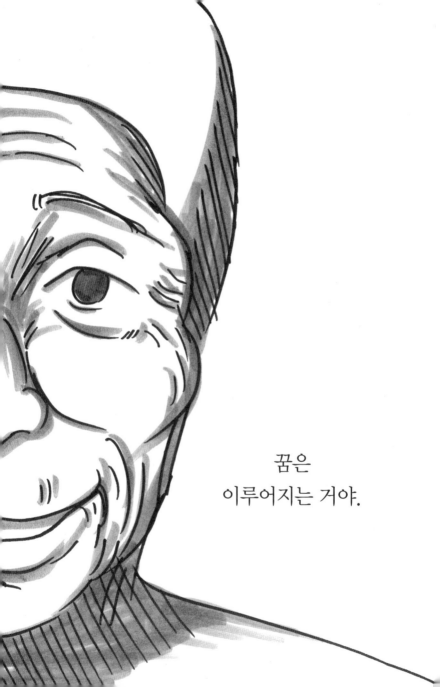

꿈은
이루어지는 거야.

나는
눈물을 닦으며
펜을 받았다.

너 역시
하나도
변한 게 없구나.

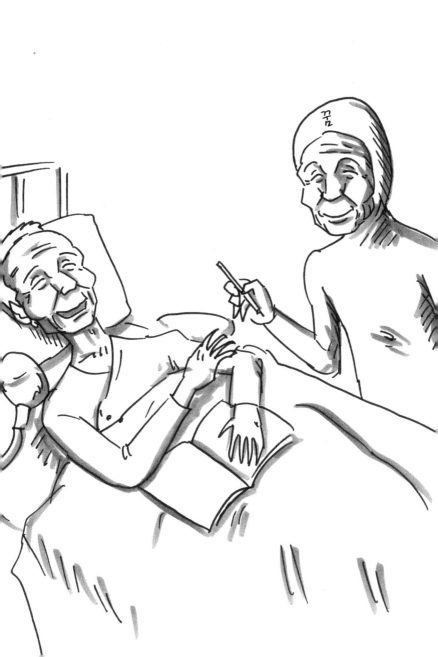

내가 쓴 편지다.
수취인 없는 편지.

처음 뵙겠습니다,
그대에게.

처음 뵙겠습니다, 그대에게.

나는 당신에 대해 잘 모릅니다.
그리고 당신도 나에 대해 잘 모르지요.
그런 내가 당신에게 편지를 씁니다.
좀 이상할지도 모르겠네요.

하지만 아주 약간만이라도
시간을 낼 수 있다면
내가 내 멋대로 하는 말을
양해하고 들어봐 주세요.

나는 지금

병원 침대에 누워 있습니다.

중한 병이 들었거든요.

아마도 당신이

이 편지를 읽을 무렵

나는 이 세상에 없을지도 모르겠네요.

그렇기 때문에 살아 있는 동안

어떻게든 당신에게

내 이야기를 들려주고 싶습니다.

난 살면서

남에게 자랑할 만한 일을 한 게

하나도 없습니다.

젊은 시절 꼭 하고 싶은 일이 있었지요.

하지만 기회를 얻을 수 없었습니다.

좋아하게 된 여자도 있었지요.

그러나 그 여자는

나를 돌아봐 주지 않았답니다.

내가 앉고 싶은 자리는

늘 다른 누군가가 차지했고요.

만약 내 인생을 영화로 만들어

당신에게 보여 주면

'뭐야, 시시한 영화네.'

분명 이렇게 생각하겠지요.

저도 그렇게 생각합니다.

하지만 지금

그 재미없는 영화가

거의

끝나가네요.

시시한 인생이

끝나가고 있습니다.

그리고 나는

어쩌면 아무에게도 닿지 않을

이 편지를 쓰고 있고요.

내가 왜 이런

부질없는 일을 하고 있는지

당신은 아시나요?

나는 두려운 겁니다.

죽는 것이 무서워서 이러는 겁니다.

이 이상 살아서 뭘 하겠어?

그래 봐야

날 기다리는 건 하찮은 인생일 뿐이야.

침대에서 난 이 말을

몇 번이나 되뇌었는지 모릅니다.

하지만 그래도 두려움은

사라지지 않았습니다.

나는 죽고 싶지 않습니다.

난 살고 싶은 거예요.

살면서 한 번만 더

좋아하는 음식을 먹고 싶습니다.

비싼 게 아니어도 좋아요.

그냥 가까운 슈퍼마켓에서

재료를 사다가

만들어 먹어도 좋습니다.

친구와 술도 한잔하고 싶어요.

그렇게 한잔하며 함께 웃고 싶습니다.

'인생, 뭐 별거 있어?'

하며 함께 웃는 거지요.

누군가를 사랑하고도 싶네요.

나를 돌아봐 주지 않아도 좋습니다.

그저 그 사람을 생각하는 것만으로

행복해지는 그런 시간을

다시 한 번 맛보고 싶습니다.

꿈을 꾸고 싶습니다.

이루어지지 않아도 좋아요.

좀 창피한 생각이 들어도 상관없습니다.

그래도 다시 한 번

꿈을 꾸고 싶습니다.

재미없는 인생을 살아왔습니다.

하지만 그렇게

시시하게 살아왔기 때문에

알 수 있지요.

그렇게 시시한 인생도

마지막의 마지막까지

어떻게든

놓고 싶지 않을 만큼

산다는 것은 근사한 일이었다는 것을요.

나는 지금까지 줄곧

꿈을 이루었을 때에만

자신의 인생이 찬란히 빛나는 것이라

생각했습니다.

그리고 꿈을 이루지 못하면 내 인생은

아무 보람도 없는

보잘것없는 삶이라고 생각해 왔지요.

하지만 아니었습니다.

산다는 건 그 자체로 빛나는 일이었습니다.

삶,

그 자체가 빛이었던 거예요.

당신은, 지금, 살아 있습니다.

그것만으로도

당신은

너무나 눈부시답니다.

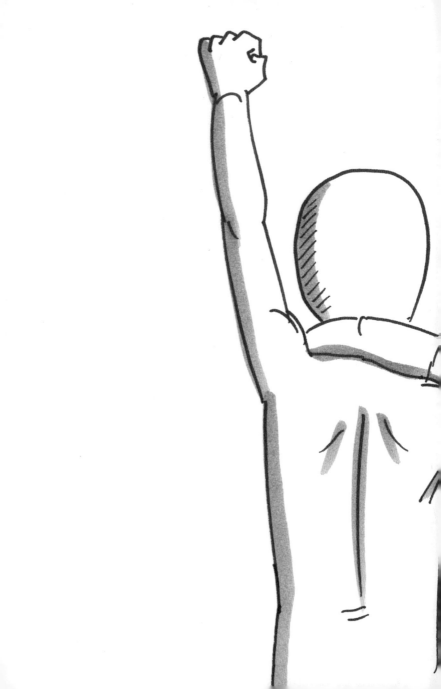

그래도 나는 꿈을 꾼다

| 펴낸날 | 초판 1쇄 2015년 9월 20일 |
| | 초판 2쇄 2015년 10월 15일 |

지은이	미즈노 케이야
그린이	텟켄
옮긴이	신준모
펴낸이	심만수
펴낸곳	(주)살림출판사
출판등록	1989년 11월 1일 제9-210호

주소	경기도 파주시 광인사길 30
전화	031-955-1350 팩스 031-624-1356
기획·편집	031-955-4665
홈페이지	http://www.sallimbooks.com
이메일	book@sallimbooks.com

ISBN   978-89-522-3221-2   03830

이 도서의 국립중앙도서관 출판시도서목록(CIP)은 서지정보유통지원시스템 홈페이지
(http://seoji.nl.go.kr)와 국가자료공동목록시스템(http://www.nl.go.kr/kolisnet)에서
이용하실 수 있습니다.(CIP제어번호: CIP2015024099)

책임편집·교정교열 최진우